PISTOLET-SOUVENIR

L'auteur

Claude Gutman est né en 1946, en Palestine britannique. Il vit actuellement à Paris. Il s'adresse à tous les publics. C'est par hasard qu'il est devenu écrivain pour la jeunesse. À la demande de ses deux aînés, il a écrit *Toufdepoil*, son premier roman pour enfants, en 1983. Ce livre a remporté un vif succès et a été suivi en 1985 de *Pistolet-souvenir* puis, en 1986, de *La Folle Cavale de Toufdepoil*. Il sait aborder avec humour des sujets difficiles : la séparation des parents, les belles-mères, la jalousie, l'enfance malheureuse… Ce qui ressort, à la lecture de ses livres pour la jeunesse, c'est un immense respect pour les enfants. Claude Gutman possède l'art de nous restituer, intact, le regard de l'enfance.

Du même auteur, en Pocket Jeunesse :

Toufdepoil
La folle cavale de Toufdepoil

L'illustrateur

Pef, l'illustrateur, partage son temps entre le dessin politique et l'illustration de livres pour la jeunesse. Il écrit également. Il est notamment l'auteur-illustrateur de la célébrissime *Belle Lisse Poire du prince de Motordu*, parue chez Gallimard en 1980.

Claude GUTMAN

Pistolet-Souvenir

Illustrations de Pef

POCKET
jeunesse

Publié pour la première fois en 1985 aux éditions Bordas,
dans la collection « Aux quatre coins du temps ».

Loi n° 49-956 du 16 juillet 1949 sur les publications destinées
à la jeunesse : septembre 1995.

© 1995, éditions Pocket Jeunesse, Paris, pour la présente édition.

ISBN 2-266-08943-9

Achevé d'imprimer par Maury-Eurolivres S.A. - 45300 Manchecourt

Dépôt légal : septembre 1995.

*Pour Anne, Colas, Sophie, Éric, Mathilde
et tous leurs professeurs.*

CHAPITRE PREMIER

C'est moi qui la connais la mieux, l'histoire de Petit-Pierre. Tous les autres, dans la classe, les crâneurs, ils peuvent dire ce qu'ils veulent maintenant. Qu'ils l'ont vu le premier ou qu'ils savaient bien que ça finirait comme ça. C'est des menteurs. Jamais Petit-Pierre ne leur a vraiment parlé comme il m'a parlé à moi. Parlé pour de vrai. D'ailleurs, Petit-Pierre, c'était mon meilleur copain. Les autres, c'est la jalousie qui leur fait inventer des mensonges, pour se rendre intéressants après tout ce qui s'est passé.

Le jour de la rentrée, personne ne connaissait Petit-Pierre. On s'en fichait. Chacun pensait à soi. On était tous dans la cour, en vrac. Moi, mon ventre jouait du tam-tam tout seul. À nous tous, ça faisait une batterie monstre. Et comme ça tamtamait trop, le sous-directeur nous a appelés pour qu'on se mette en rang devant lui.

Il a formé la 6e D et on a rejoint notre classe deux par deux, en silence de mouche, avec M. Balmès, notre professeur principal. Un gros à lunettes et à bretelles qui avait l'air sympa mais qui n'enlevait tout de même pas l'envie d'aller aux cabinets. La preuve, c'est quand Frédé lui a demandé s'il pouvait sortir. Il n'est revenu qu'un bon quart d'heure après en pleurant parce qu'il s'était perdu et qu'on rigolait tous. On s'est fait engueuler mais on avait bien ri quand même. Ça nous avait soulagés. Frédé aussi, mais il avait le pantalon tout trempé. Celui que sa mère avait acheté exprès pour la rentrée.

— Ce n'est pas grave, mon garçon, lui a dit M. Balmès. Tout sèche, même les larmes.

Et il lui a tendu un Kleenex qu'il a sorti de son sac qui brillait la rentrée, comme s'il avait su que Frédé allait pleurer.

Frédé a quand même souri et il est venu se rasseoir à côté de moi. C'est comme ça qu'on s'est fait copains, lui et moi.

Les filles, elles, elles s'étaient faites copines dans leur coin, dans la rangée de droite où elles s'étaient toutes agglomérées comme si on était contagieux. Il n'y avait que Cédric dans

*On a formé la 6ᵉ D et on a rejoint
notre classe deux par deux.*

leur rangée et on n'aurait pas aimé être à sa place, à côté d'Isabelle.

À la première récré, on l'a traité de dragueur, en le poussant. Et il a dit qu'il allait chercher son frère. Nous, on l'emmerdait, son frère. Mais quand il est vraiment revenu avec lui, on l'emmerdait toujours mais on l'a gardé pour nous. Il était en 3e et en Santiags pointues. Quelqu'un qui le connaissait a même dit qu'il était pote avec la bande des Bruyères. Alors on a pris la clé des champs, pour utiliser une expression toute nouvelle que M. Balmès venait de nous apprendre. Et on a ri encore quand Germain a dit qu'il l'avait toujours sur lui, accrochée à son porte-clés *Pif-Gadget*. Un marrant, Germain.

Au bout d'une semaine, on connaissait presque tout. L'emploi du temps. La cour. Les chiottes à se faire garder la porte pour pas que les grands ouvrent d'un coup. La queue à la cantine où on se fait piétiner par les C.P.P.N. qui, paraît-il, n'ont pas tout leur cerveau qui marche pleins gaz. Mais pour les coups de poing et les coups de latte, ça fonctionne.

— C'est des gosses malheureux, m'a dit maman quand je lui ai raconté qu'ils nous attaquaient pour rien. De pauvres enfants.

Moi, je dis qu'ils ne sont pas si pauvres

Monsieur Balmès.

qu'elle prétend. Avec ma trousse, celle de Frédé, le cartable d'Estelle, le K.Way de Colas et le stylo en or de Josiane, ils ont déjà ramassé un beau trésor. Plus la roue de la 2 CV de Mme L'Hiver, la prof de musique qui nous fait dessiner *La Truite* de Schubert sur du Canson ou pour ceux qui veulent *La Nuit sur le Mont Chauve* de Moussorgski avec des sorcières sur un manche à balai. Il paraît qu'on les voit en écoutant l'air. Et le dessin, en musique, ça compte pour la moyenne.

Frédé prétend que le prof de dessin, il va nous faire chanter. Son frère l'a eu l'an dernier. Si c'est pas une preuve...

Au bout de deux mois, on se connaissait tous. Les sympas et les gogols. Il n'y avait plus de surprises à attendre. Juste le bulletin trimestriel comme ils l'appellent où ils mettent la moyenne et un petit mot pour les parents dans les cases vides.

Ben Sa, qui redouble, nous a tout expliqué. Comment on peut les piquer dans la boîte aux lettres et la raclée qu'on reçoit en prime. Il sait tout, Ben Sa, sauf l'orthographe. Et M. Balmès, qui se met en colère, le traite parfois de « Non-francophone » et lui pardonne aussitôt en lui

Un C.P.P.N.

passant la main dans les cheveux. Papa m'a expliqué : ce n'est pas un gros mot.

Les profs, on les avait enfin tous. Ça avait pris un sacré temps à cause du remplaçant du professeur titulaire d'Éducation manuelle et technique qui est plein de maladies chroniques. Surtout un grand poil dans la main, ont dit les délégués des parents qui tiennent absolument à ce qu'on leur fasse un porte-boîte d'allumettes en cuir pour leur offrir à leur fête. Nous, on préférait la permanence. Les pions étaient sympas. Ils nous laissaient mâcher et buller nos chewing-gums qui énervent tellement Mme Bilat la prof d'allemand, qu'elle nous envoie au piquet sur une patte, comme les hérons, en prétendant que c'est bon pour la circulation. Au bout de la cinquième fois, papa lui a écrit une lettre. Mais j'ai d'abord dû jurer que c'était vrai parce que papa ne voulait pas me croire.

— Au XXe siècle, a dit papa. Au XXe siècle, des crétins pareils !

Et il s'est mis très en colère.

Dans sa lettre, il lui a expliqué, avec des mots comme il faut, tous les gros mots qu'il pensait d'elle.

— Une fêlée, frappée, cognée, maboule et une conne, en plus.

Maman faisait une drôle de tête mais papa

était rouge coquelicot. Ce qui m'a permis d'être dispensé de gymnastique pendant le cours d'allemand.

Si je devais me mettre à raconter tous les profs, on n'aurait pas fini de rigoler. Rien qu'en repensant à Mme Chu et à sa tête, on piquait un fou rire, Frédé et moi. C'est que Sylvain, sans le faire exprès, en courant au bord de la piscine, l'avait expédiée dans le grand bain avec ses chaussures. Elle s'est mise à brailler « mes règles, mes règles ». Comme si une fois, ça ne suffisait pas. Et puis nous, les règles, ça nous faisait marrer. Rien que le mot. Les filles disaient qu'on ne savait pas de quoi on parlait. Et nous on riait en repensant que Mme Chu avait chu et que pour un prof de gym, elle nageait comme un chat mouillé en couinant comme un hamster.

Papa en avait par-dessus la tête, à table, que je me moque de mes professeurs. Il ne supportait plus les tics des uns et la « misère intellectuelle » des autres, comme il disait. Mais ça ne l'empêchait pas de bien rigoler quand je lui racontais que j'avais eu cinq 20 en allemand dans la même journée et qu'à la fin, ça faisait 13,63 de moyenne. Pour lui expliquer le virgule 63, j'avais dû inventer que la machine à calculer de Mme Bilat s'était emballée. Et pour pas que je me moque d'elle encore une fois, papa a définitivement conclu qu'elle était folle à lier et que je laisse tomber. Ça ne me rapporterait que des ennuis.

Mais ce qui l'intéressait le plus, c'étaient mes fréquentations. Frédéric, par exemple. S'il travaillait bien ? Ce que faisaient ses parents ? S'il habitait la cité des Bruyères ? Plein de questions d'inspecteur de police. Si j'avais pu lui apporter sa photo, je suis certain que papa aurait été rassuré. À coup sûr, j'étais suspect. Il a même tenu à le voir.

— Pourquoi tu ne l'invites pas à la maison, ton copain Frédéric ?

Une voix toute douce pour m'appâter.

Mais je ne pouvais plus l'inviter après tout ce que j'avais inventé. Rien que pour garder mes secrets. Rien que pour qu'ils ne s'occupent pas

Papa en avait par-dessus la tête, à table,
que je me moque de mes professeurs.

toujours de mes affaires. Rien que pour les faire marcher, j'ai raconté plein d'histoires sans queue ni tête. Que Frédé était très pauvre, qu'il avait plein de frères et sœurs, que son père n'était jamais là... Tout ce qui me passait par la tête pour que papa et maman soient certains que Frédé, c'était pas un copain pour moi. Pour marcher, ça marchait.

Et je rigolais bien quand ils me traçaient le portrait-robot du vrai bon copain. Celui que je devrais avoir. Bon élève. Parents comme il faut. Comme eux, par exemple. Tout un tas de conseils dont on n'a rien à faire quand on a un vrai copain. Et Frédé, c'était mon vrai copain. Inséparable. Sauf en cas de maladie. Et encore, on pouvait quand même communiquer. Je m'approchais de la grille de la cour, je moulinais des bras avec tous les autres qui me prenaient pour un fou à me voir tout seul faire de grands gestes. Mais moi, je savais que Frédé me regardait du haut de sa tour, là-bas, au vingt-troisième étage, avec la paire de jumelles de marine de son père qui n'était pas plus pauvre que le mien puisqu'il était instituteur. Mais ça, papa ne le savait pas.

On faisait tout ensemble, Frédé et moi. À l'exposé sur les dieux égyptiens on a même écrit en hiéroglyphes au tableau et on a eu une très bonne note. On aurait pu marquer que Mme Touque était une vieille vache enragée, elle ne s'en serait pas aperçue vu qu'elle s'y connaissait encore moins que nous en hiéroglyphes, parce qu'on avait pris tous les livres sur la question à la bibliothèque et qu'on avait tout recopié, en particulier tout ce qu'on ne comprenait pas mais qui faisait super classe. Comme : « chaque homme possède son ''ba'', âme portant ses qualités morales et intellectuelles mais aussi son ''ka'' son double spirituel ». Et toc ! On n'était pas peu fier avec un « ba » et un « ka » dont on ne savait pas vraiment à quoi ils pouvaient bien servir.

C'était comme ça, avec Frédé. Cul et chemise, comme l'expression. Pareils. Les mêmes goûts et les mêmes couleurs. On était pour le Paris-Saint-Germain, pour les bandes dessinées et contre le racisme. En particulier contre Spangiari, qui disait que Ben Sa, il était pas français et qu'il faisait baisser le niveau.

Sur sa table toute neuve, on a écrit en douce, à la pointe du compas que c'était un sale raciste et qu'il aille se faire enc... Si nos parents nous interdisaient de dire des gros mots, ils n'avaient pas interdit de les écrire. C'est pas pareil.

CHAPITRE II

Avec Frédé, toujours côte à côte, pour mieux s'entraider, on regardait un film dans la salle de biologie toute noire. C'est là qu'est arrivé Petit-Pierre, en plein décembre, juste avant la boum prévue pour Noël.

Au début, Petit-Pierre, il ne s'appelait même pas, juste avant que la porte s'ouvre et que le Sous-Directeur le propulse dans la salle. On était trop occupés avec toutes nos moules sur l'écran à bien comprendre comment elles s'attachent au rocher pour l'interro de la fin de l'heure. Et puis, le nouveau, on ne l'a même pas vu parce qu'il ne dépassait pas des paillasses du premier rang. Petit-Pierre était arrivé sans qu'on le voie.

— Un fantôme, j'ai dit à Frédé, quand le Sous-Directeur est parti et que les moules faisaient vinaigre en accéléré pour s'agripper à leur rocher.

— Eh bien ! Occupez-vous du fantôme, m'a dit Mme Korsakisof, sans élever la voix. Mettez-le au courant de tout et faites-lui bon accueil.

J'ai rougi, mais dans le noir. Et Frédé n'arrêtait pas de me bourrer les côtes en chuchotant qu'elle m'avait bien eu.

J'attendais le nouveau à droite. C'est par la gauche qu'il est arrivé. Un garçon si petit qu'il avait dû se tromper. Il entrait au C.P., pas en 6e. Il s'est assis sur un haut tabouret. Il a fini les moules avec nous. Il s'appelait Pierre dans le noir de la salle. Au grand jour, dans la cour, quand on a fait cercle autour de lui, c'était Petit-Pierre. Le voir, c'était l'adopter.

Et même organiser d'urgence une quête dans la classe pour lui offrir à manger pour grandir plus vite et des chaussures pour l'hiver.

Sans mentir, Petit-Pierre ressemblait au corrigé modèle de la dernière rédaction quand on rencontre un enfant pauvre et qu'on le décrit en commençant par le haut pour finir — c'est obligatoire — par le moral. Moi, j'avais oublié le moral et ça m'a valu trois points en moins.

Petit-Pierre, c'était l'original en chair et en os. Plutôt en os. Et comme pour contredire M. Balmès, c'était le bas qui frappait d'abord. Une paire de sandales à trous avec des soc-

Petit-Pierre.

quettes en tulipe sur des guiboles allumettes. On était en hiver et lui n'avait qu'une veste en jean. Son cartable, c'était un sac en plastique avec la marque ronde de Prisunic. Pour le moral, ça avait l'air d'aller. Surtout les yeux, tout petits et rigolards.

— Ouistiti. Faudrait le surnommer Ouistiti, a décrété Germain.

Mais Frédé lui a dit de ne pas commencer à se moquer d'un nouveau. Il lui a même dit qu'à sa place... Germain n'a pas entendu la suite. Il est parti en haussant les épaules.

Les filles aussi, doucement, ont tourné les talons. Elles avaient vu le pauvre. Ça leur suffisait. Petit-Pierre, c'était comme un pays sous-développé quand les touristes descendent de l'autocar. Un coup d'œil. Une photo-souvenir et une pièce de monnaie. Plus la peur d'attraper des maladies si on touche. Et on repart. Pourtant Petit-Pierre faisait des sourires à tout le monde. Mais les filles, elles, ne rêvaient qu'au Prince Charmant qui tomberait en parachute au milieu de la cour et les emporterait sur sa mob, sans casque, comme les 3e qui fument à la sortie et qui prennent la rue à sens unique avec des bras d'honneur pour la contractuelle.

Petit-Pierre, c'est devenu mon copain parce qu'on s'est retrouvés un jour tout seuls dans la cour comme deux imbéciles et que j'ai commencé à lui parler, comme ça, pour dire quelque chose, pour ne pas rester idiot.

Frédé a fait sa gueule des mauvais jours quand Petit-Pierre s'est assis à sa place pour que je lui explique l'emploi du temps, les semaines bleues, les semaines rouges et toutes les couleurs de l'arc-en-ciel qui faisaient qu'on se trompait une semaine sur deux sur l'heure de la rentrée. Je n'aurais pas eu assez de toute la journée mais Petit-Pierre hochait la tête et souriait.

Les profs étaient si intéressés par tout ce qui se passait dans la classe en dehors de leurs interros-surprises à donner des insomnies et mal au ventre à attendre les résultats, qu'ils n'ont vu Petit-Pierre qu'à la dernière minute. Pour un peu, ils l'auraient engueulé de ne pas avoir présenté sa fiche avec tous les renseignements de police. Nom, prénom, adresse, date et lieu de naissance, profession des parents, nombre de frères et sœurs et qu'est-ce qu'on voudrait faire plus tard. Moi, je suis certain qu'ils les jettent à la poubelle sans les lire ou alors qu'ils rigolent avec les autres profs pour les fautes d'orthographe.

Seul, M. Balmès qui a l'œil sur tout et qui dit qu'il est « l'œil du maître » sans qu'on sache pourquoi, l'a vu, Petit-Pierre. Il lui a même demandé de se présenter pour le mettre plus à l'aise. Petit-Pierre est venu au bureau, les mains derrière le dos, la main se grattant les cheveux, la main se grattant l'autre main. Comme s'il n'avait que des mains et pas de voix. Ça sortait mal. Tout ce qu'on a compris, c'est qu'il venait de la campagne et qu'il avait treize ans. Personne ne l'aurait cru et on est tous tombés sur le cul. Nous, on était quand même fiers, à onze ans, d'être plus grands et plus forts que lui. Personne ne l'a dit, sauf Germain. Il a poussé un « Ouistiti rabougri » qu'il voulait placer à tout prix. Ça lui a valu une leçon de morale qui nous a fait rater la dictée préparée. Merci Germain, même si c'était lâche de se moquer de Petit-Pierre.

Même Frédé faisait des remarques méchantes. Il avait vu tout de suite que le cou de Petit-Pierre était sale et les filles, à qui il l'avait dit, juraient que Petit-Pierre sentait mauvais. Elles se pinçaient le nez en passant devant lui.

En une semaine, pas plus, Petit-Pierre était devenu la brebis galeuse de la classe. M. Balmès a fini par le comprendre quand il a fallu que Petit-Pierre récite au tableau *Le Loup et l'agneau*. Il jouait l'agneau.

— « Je tète encor ma mère » hurlait-il en

Les filles juraient que Petit-Pierre sentait mauvais.

face de Sylvain qui lui reprochait d'avoir médit l'an passé.

À treize ans, téter sa mère ! Ça n'a pas manqué de déclencher une franche rigolade.

Ben Sa, le roi de l'orthographe, avait trouvé plus fort que lui. On n'entendait plus :

— Mais Ben Sa, vous comprenez au moins ce que je dis ?

C'était :

— Pierre, passe au tableau recopier ta dictée.

Petit-Pierre se levait, tout fier qu'on s'intéresse à lui et, d'une main sûre, recopiait sa dictée à quarante fautes sous les oh ! les ah ! les ah-ah ! de la 6e D en délire.

Fuitte dans la brouse,
L'assention leure pri une bonne heure. En fin ils atteignire leur but. Le soleille baisait à l'orizon, éclipcé par les flames rouge qui, au-dessou deux, s'alongait dans toute les directions.

M. Balmès arrêtait le massacre. Pour le soleil « qui baisait à l'orizon », Isabelle est devenue toute rouge lorsqu'elle est allée corriger.

Mais Petit-Pierre se donnait du mal. Je le voyais corriger toutes ses fautes en rouge, plus celles qu'il rajoutait, avec le stylo que je lui avais prêté parce qu'il n'avait en tout et pour tout qu'un Bic à quatre couleurs en panne de couleurs.

Les zéros se sont mis à pleuvoir. Pas seulement pour les devoirs, pour les leçons non apprises mais aussi pour la conduite. Subitement, sans qu'on sache pourquoi, Petit-Pierre se levait, filait voir quelqu'un, lui parlait à l'oreille et partait se rasseoir sous le regard mauvais de Mme Bilat qui lui faisait faire immédiatement des exercices de gymnastique corrective. Grâce à Petit-Pierre, elle avait inventé la lecture sur genou. Ça consiste à se tenir sur une patte, l'autre repliée et le livre d'allemand dessus, ouvert à la bonne page. Sadique !

Petit-Pierre supportait tout. Les mauvaises notes. Les cinq cents lignes qu'il ne faisait jamais, les séjours chez M. le Sous-Directeur, les engueulades, les tirages de cheveux et même la claque de Mme L'Hiver, professeur de musique, qui croyait qu'il se fichait d'elle.

Petit-Pierre avait vu qu'on battait la mesure avec les mains, en chantant des sol, des si et des do. Mais il n'avait sans doute pas compris qu'on ne les inventait pas, qu'ils étaient inscrits, notés sur les portées. Et quand son tour est arrivé, il a improvisé des si, des sol et des n'importe quoi avec tant d'enthousiasme qu'on a bien été obligés de l'applaudir à tout rompre.

Par chance, Petit-Pierre avait la tignasse solide. La claque, elle, n'est partie qu'un peu plus tard, quand Mme L'Hiver s'est rendu compte qu'en secouant très fort, les poux ne se détachaient même pas.

Petit-Pierre, malgré la claque, ne pleurait pas. Il résistait. Il résistait.

Les poux, ça a fait des clans dans la classe. Une vraie guerre de religion. Avec les profs à bonne distance, même les chauves ; on ne sait jamais. Les parents s'y sont mis aussi, avec chacun leur théorie. Tout le monde se grattait. Les filles ont mis des foulards.

Plus personne n'a tiré les cheveux de personne, et le Sous-Directeur a distribué des papiers comme en cas de peste. Une dame des poux, tout en blanc, est venue inspecter nos têtes et c'est là qu'avec Frédé on s'est engueulés pour la première fois.

Plus personne, mais vraiment plus personne, ne voulait s'approcher de Petit-Pierre. Il l'avait accepté, restant en queue de rang. Mais ça ne leur suffisait pas encore. Dans la cour, dans la classe, ils l'aspergeaient de boulettes, de vieux chewing-gums mâchés, décollés sous les tables, ou d'encre de toutes les couleurs.

— C'est dégueulasse, j'ai dit à Frédé.

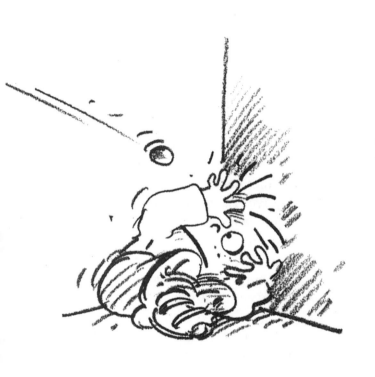

Ils l'aspergeaient de boulettes,
de vieux chewing-gums mâchés.

Même toi tu t'y mets. Il m'a demandé si je voulais des poux, moi aussi.

— Qu'est-ce que ça peut faire ? C'est pas grave. On met de la poudre. Il y en a plein les pharmacies et ça s'en va.

— C'est ce que tu crois, il m'a dit. Mes grands-parents qu'en ont eu pendant la guerre, on leur a rasé la tête. La boule à zéro.

C'est de ça qu'ils avaient tous peur. Qu'on leur ratiboise le haut du crâne comme les Iroquois. Ça aurait fait Punk, eux qui voulaient tellement être à la mode.

Moi, mes parents m'avaient expliqué. Rien de bien grave. Et puis, c'était épidermique ou épidémique, je ne me souviens pas du vrai mot. Enfin, quelque chose contre quoi on ne peut pas grand-chose.

— Et puis, c'est pas une raison parce qu'il a des poux pour lui cracher dessus. Si on te faisait ça...

Et j'ai laissé Frédé au milieu de la cour pour aller m'ennuyer tout seul pendant toute la récré. J'ai raclé des pieds sur le ciment. Je me suis adossé contre le mur et j'ai regardé Frédé qui jouait avec les autres et qui faisait semblant de ne pas voir que j'étais tout seul à parler tout seul dans ma tête.

Heureusement que Noël est vite arrivé, qu'on a préparé la fête, bu du Coca en classe, offert un cadeau à M. Balmès et qu'on a écouté des disques rock en tapant dans nos mains. Mme Bilat est venue espionner pour savoir qui l'empêchait de terminer son cours sur le datif, mais on ne lui a rien offert à boire. Ça a détendu l'atmosphère. Et puis les poux n'ont pas résisté au froid des vacances.

CHAPITRE III

Petit-Pierre n'avait pas dû résister non plus avec ses sandales à trous. Le jour de la rentrée, il n'était plus là. Disparu. Envolé. Mais, sans mentir, ça n'a gêné personne. On avait trop de cadeaux de Noël à montrer et en particulier les nouveaux jeux électroniques dont tout le monde avait battu le record. Il y avait aussi tous les flocons, étoiles et chamois décrochés sur les pistes et raccrochés sur les pulls. De la jalousie plein la classe. Petit-Pierre, là-dedans, déjà demi-portion était devenu si microscopique que personne n'a remarqué vraiment son absence.

En plus, il y avait du boulot sur la planche pour passer en 5e. Et il paraît que le deuxième trimestre c'est le plus important. Les redoublants disent que c'est le troisième et les professeurs, eux, les voient tous pareils. Allez savoir. La seule chose certaine, c'est que Petit-Pierre n'intéressait plus personne. On s'en est aperçu au bout d'une semaine quand Ben Sa a repris sa place de tête de Turc officielle, tout heureux de se refaire engueuler et remarquer. M. Balmès recommençait à lui tirer l'oreille et lui passait la main dans les cheveux avec un bon sourire.

Peut-être que Petit-Pierre était retourné à la campagne. Peut-être qu'il lui était arrivé quelque chose ? Qu'il était à l'hôpital. Au nombre des « peut-être que », Petit-Pierre reprenait vie alors qu'il n'était plus là. Même les plus vaches avec lui se sont mis à le regretter.

— Il nous faisait bien marrer quand même, disait Germain.

Et on s'est rappelé la fois où il avait grimpé tout en haut de la corde à nœuds et que Mme Chu voulait absolument qu'il aille voir le Sous-Directeur. Lui, il restait là-haut avec ses yeux tout noirs et tout malins. Un ouistiti, je vous l'avais bien dit. Un quart d'heure, il était resté là-haut et la mère Chu avait eu si peur qu'à la descente il ne s'est rien passé. Qu'est-ce qu'on s'est marrés !

On se marrait encore quelques jours plus tard mais pour tout autre chose quand la tête du Sous-Directeur est apparue dans le couloir.

Il a fait de grands signes à M. Balmès qui nous expliquait avec des exemples au tableau qu'un « monocle, c'était un verre solitaire » et qu'un « enterrement, c'était une fosse nouvelle ». Et que c'était comme ça qu'on jouait avec les mots. On devait en trouver d'autres.

M. Balmès est sorti dans le couloir. On avait l'habitude. Avec le Sous-Directeur, ils réglaient dehors les affaires qui ne nous regardaient pas et des fois, quand M. Balmès rentrait, on se faisait engueuler.

Avec Frédé, on avait trouvé qu'une femme-policier sous la pluie, c'était une « poule mouillée » et on était très pressés que M. Balmès revienne pour lui annoncer la bonne nouvelle. Aux meilleures réponses, il donnait toujours un caramel qu'il sortait de son cartable où il fourrait tout et n'importe quoi.

La « poule mouillée » avait déjà fait le tour de la classe. Sylvain avait dit que ce n'était pas une femme-flic mais une prostituée et on était en train d'expliquer à Colas qui ne comprenait pas quand la porte s'est ouverte. M. Balmès est entré le premier. On l'a vu se retourner et dire :

— Allez viens. Viens. N'aie pas peur. Ils ne te mangeront pas. Et puis tu les connais déjà.

Et Petit-Pierre nous est revenu sans qu'on puisse dire un seul mot tant le spectacle était insupportable. Oh ! c'était bien le même Petit-Pierre, guiboles allumettes, veste en jean et sac plastique, mais c'était en plus, sur sa figure, partout, sous les yeux, sur le nez, sur les pommettes, de grosses taches marron-rouge violacé.

— Qu'est-ce qu'il a dû prendre ! m'a dit Frédé tandis que Petit-Pierre venait s'asseoir à côté de nous et que M. Balmès avait du mal à reprendre la rigolade. Notre « poule mouillée » est restée dans sa basse-cour.

Petit-Pierre, on l'avait à côté de nous, mais les autres, il fallait qu'ils se retournent. Ça n'a pas arrêté. Un coup de tête à gauche, à droite, tandis que M. Balmès faisait les gros yeux, évitant à tout prix de dire ce qu'il disait d'habitude :

— Mais vous savez bien qu'il n'y a rien d'intéressant derrière.

La tête de Petit-Pierre, c'était comme une patate sans forme et ses yeux rigolos, on aurait dit rien du tout parce qu'on ne les voyait pas.

Qu'est-ce qu'il avait dû prendre !

Et voilà notre Petit-Pierre entouré comme au premier jour avec plein de questions pas discrètes qui partaient toutes seules.

— Qui c'est qui t'a fait ça ?

— Et toi, qu'est-ce que t'as fait ?

Chacun disait aussi ce qu'il aurait fait.

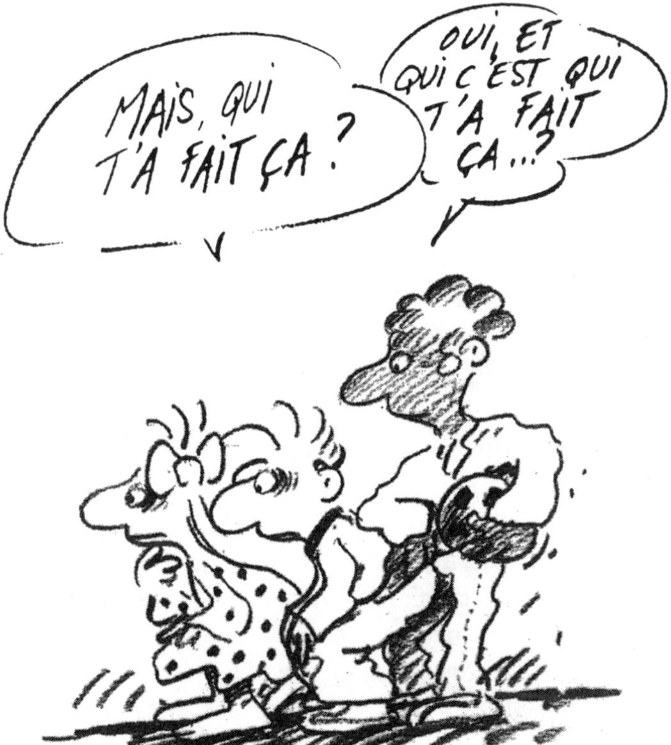
MAIS, QUI T'A FAIT ÇA ?
OUI, ET QUI C'EST QUI T'A FAIT ÇA... ?

— Moi, à sa place, je me serais barré en courant, j'aurais été voir les flics.

— Moi, je...

Mais Petit-Pierre : rien du tout. Il nous écoutait sans sourire parce que ça lui aurait fait mal. Il nous écoutait dire tous nos mensonges. Qu'on était bien contents qu'il soit revenu. Qu'il nous avait drôlement manqué. Qu'on s'était demandé ce qu'il était devenu et tout un tas de gentillesses pour lui soutenir le moral.

Sa tête de patate était si impressionnante que même les C.P.P.N., qui passaient par là pour nous bourrer de coups au passage, ont pris la défense de Petit-Pierre. Ils étaient prêts à faire une expédition punitive et on les a même vus sortir de leur poche de vrais crans d'arrêt. S'il le fallait, ils iraient chercher le plus vieux de leur bande qui avait déjà fait de la prison et qui n'avait peur de rien à cause des tatouages qu'il avait sur les bras.

Petit-Pierre hochait la tête.

— Non. Non. Surtout pas ! C'est personne qui m'a fait ça. Personne, je vous jure.

Et il s'est mis à raconter une histoire à dormir debout. Qu'il jouait au foot et que soudain un shoot terrible lui a tapé sur le nez, qu'il a saigné et qu'en remontant chez lui, comme il n'y voyait rien, tellement il pleurait, il a raté une marche. Il est tombé dans l'escalier à la renverse et de nouveau son nez a cogné par terre.

Plus il ajoutait de détails, moins on le croyait. Nous, on le connaissait. Il ne savait pas jouer au foot. Il s'emmêlait trop les pieds et il n'avait aucune force. En plus, comment il aurait joué au foot alors qu'il avait tellement neigé ?

Mais ça ne le dérangeait pas. Il mentait. Il mentait et même les C.P.P.N., très forts sur la question, ont haussé les épaules.

Enfin, s'il avait besoin d'eux, qu'il le dise...

M. Balmès, qui souriait toujours, ne souriait plus du tout quand il nous a parlé. Petit-Pierre était à l'infirmerie et il en a profité pour nous expliquer ce que c'était que la solidarité. Il a dit qu'on était tous égaux en principe mais que ce n'était qu'un principe et qu'en réalité le monde se divisait en ceux qui avaient de la chance et en ceux qui n'en avaient pas. C'était long et compliqué mais tout le monde faisait un effort pour comprendre. À la fin, on pouvait résumer comme ça : nous, on avait de la chance. Petit-Pierre, lui, il fallait l'aider, le plus possible, le mieux qu'on pourrait.

Bertrand, qui allait au catéchisme et qui allait passer sa communion a dit que c'était de la charité, quoi. Mais alors M. Balmès s'est mis en colère sans qu'on comprenne pourquoi. Il

a dit que c'était pas du prêchi-prêcha qu'il demandait mais un acte véritable d'entraide humanitaire, de solidarité et que le Bon Dieu n'avait rien à voir là-dedans. Il était très fâché, M. Balmès, et Bertrand s'est mis à pleurer. Il y avait tellement de mots importants que ça impressionnait.

Frédé et moi, on s'est portés aussitôt volontaires pour faire rattraper son retard à Petit-Pierre. On le forcerait, même s'il voulait pas. C'était pour son bien, pour pas qu'il finisse chômeur par la suite, pour qu'il puisse avoir un bon métier dans la vie. On irait chez lui, lui porter les leçons et les devoirs en retard.

CHAPITRE IV

À la sortie, Petit-Pierre a fait une drôle de tête
— façon de parler. Il ne s'y attendait pas. Frédé
et moi, on l'a encerclé. On allait chez lui le faire
bosser.

— Tu sais, on t'aidera tant qu'on pourra.
Tu verras toutes les bonnes notes que tu vas
récolter. Ils seront tous jaloux... Tu vas faire
de ces progrès...

C'est nous qui allions en faire, en course
à pied, mais on ne le savait pas. On avait à peine
fini notre discours que Petit-Pierre s'est mis à
piquer un sprint en remontant la rue. Cloués sur
place, on voyait ses jambes qui tricotaient
comme c'est pas permis. Et quand on a repris
nos esprits, il avait bien trente mètres d'avance.
La cavalcade a commencé. On hurlait :

— Mais qu'est-ce qui te prend ? On est tes
copains.

Mais il ne voulait rien entendre. Tous les

*On voyait ses jambes qui tricotaient
comme c'est pas permis.*

dix mètres, il se retournait pour vérifier qu'on était à sa poursuite. Et comme il nous voyait gagner du terrain, le long de la grille du square, il a balancé son sac plastique pour s'alléger comme les mongolfières. Je n'aurais jamais cru que pour ne pas bosser on pouvait courir si vite. Il cavalait Petit-Pierre, il cavalait. Et nous, on reprenait du retard parce qu'on avait ramassé son sac et qu'il fallait bien le lui rendre. Une voiture a pilé quand on a traversé la rue. Des gros mots. On s'en fichait. Nous, on voulait Petit-Pierre. Petit-Pierre, pour le gaver de bonnes notes. Mais il avait déjà pénétré dans sa cité. À l'escalier C, quand on s'est engouffrés, on a entendu ses pas dans les étages. Vite. Vite. Fallait le rattraper. Frédé s'est cassé la figure et je suis arrivé sur le palier au moment où Petit-Pierre allait refermer la porte. Juste le temps de mettre le pied pour l'empêcher de fermer. Bien eu, Petit-Pierre.

On n'en pouvait plus. Ni lui, ni moi. On ne pouvait rien dire à cause du manque de souffle. On se regardait de chaque côté de la porte.

— Allez Petit-Pierre, qu'est-ce qui t'a pris ?

Deux trois respirations.

— Laisse-moi.

Deux trois respirations encore.

Plus bas, on entendait Frédé qui pleurait.

— Laisse-moi entrer. C'est pour t'aider qu'on est venus.

Mais Petit-Pierre repoussait la porte. Rien à faire. J'étais prêt à me laisser écrabouiller le pied. La tête patate de Petit-Pierre dépassait seule de la porte mais je ne comprenais pas sa résistance.

— Tu n'as rien à faire ici. C'est chez moi. Chez moi. Tu n'as pas le droit d'entrer. Personne n'a le droit d'entrer...

Petit-Pierre devenait de plus en plus mystérieux. Ce n'étaient pas les devoirs, le travail qui lui faisaient peur. C'était qu'on vienne chez lui. Comme si chez soi c'était honteux.

Petit-Pierre a cédé.

— D'accord, mais pas Frédé. Toi, j'ai confiance.

Et il m'a ouvert sa porte tandis que Frédé arrivait. La porte lui a claqué au nez.

Au début, chez Petit-Pierre, c'était comme chez vous et moi. Sauf que chez moi il n'y a pas de fleurs aux murs ni de verres exposés derrière la vitrine du buffet ni de chien en plâtre peint au-dessus de l'armoire de la chambre à coucher. Papa trouve ça moche et maman encore plus. Moi, j'aime bien. Chez Petit-Pierre, c'était comme ça. Il m'a fait visiter.

— Là, c'est chez mes frères et ma sœur.

Une grande grande chambre avec des lits superposés pour les garçons, un beau lit à barreaux pour la fille et des jouets bien rangés sur des étagères. Pas comme dans ma chambre.

La cuisine. La salle à manger. La salle de bains.

— Et toi, ta chambre, où c'est ?

Il a ouvert une porte et c'était un cagibi. Un cagibi sans air, sans fenêtre, avec un gros tuyau d'eau dans un coin et juste un matelas par terre. Mais avec un couvre-lit.

Je regardais ça, sans y croire. Petit-Pierre faisait la publicité.

— C'est pas mal, il m'a dit, comme ça j'ai mon coin à moi tout seul. J'aime bien être tranquille. Et le soir, si je veux lire, personne ne voit la lumière.

Il essayait de me faire la visite guidée, tout beau tout propre, mais il n'a pas réussi. Sa voix s'étranglait de plus en plus et d'un seul coup, sans que je m'y attende, il a claqué la porte du cagibi si fort qu'il aurait pu la casser. Et puis il s'est mis à taper des pieds dans le couloir. On aurait dit un fou.

— Merde. Merde. C'est des salauds. Des salauds.

Il hurlait. Il se prenait la tête dans les mains

et il hurlait. Et puis il s'est mis à pleurer, assis dans le couloir, devant sa porte.

Je ne savais pas quoi faire. J'aurais pu lui dire des mots mais ça n'aurait servi à rien. Il continuait à sangloter, le cul par terre.

J'ai pensé que Frédé pourrait m'aider. Mais Petit-Pierre s'est levé. Avec de l'eau sur la figure, tout passe. Mais lui, il lui restait encore des marques.

— T'as vu la gueule que j'ai ? il m'a dit. Je n'ai pas osé répondre. J'ai seulement fait signe avec la tête.

— C'est mon oncle qui m'a fait ça. Mon oncle. Il a aussi voulu que je reste à la maison pour pas qu'on voie au collège.

J'avais envie de partir.

— Mon oncle, il m'a dit que si je le disais, il recommençait. Et tu peux le croire.

Du coup, Petit-Pierre m'avait mis un secret dans la tête sans que je demande. Un secret énorme qu'il ne disait qu'à moi seul.

— Tu veux être mon copain ? Mon vrai copain ?

J'ai dit oui. On s'est tapé dans la main et on est descendus dans les jardins de la cité à côté du tas de sable et du toboggan déglingué.

Frédé avait disparu, laissant le sac de Petit-Pierre contre la porte.

C'était un cagibi.

Petit-Pierre m'a confié tous ses secrets. Moi, en échange, je n'avais rien à dire. C'était comme si j'avais eu Oliver Twist en vrai en face de moi et qui m'aurait raconté son histoire. Dans les livres, on y croit mais quand c'est vrai, c'est plus difficile.

Mais d'abord j'ai dû jurer. Jurer de ne jamais le répéter, à personne, même à Frédé.

Et j'ai craché par terre.

Pour le père de Petit-Pierre, c'était le plus facile. Il ne savait pas qui c'était. Mais il s'en foutait. Il ne s'était jamais occupé de lui. Il ne l'avait même pas vu en photo. Pour sa mère, c'était plus compliqué. Elle travaillait dans une ferme à la campagne. Petit-Pierre et son frère étaient avec elle, logés et nourris. Ça allait plutôt bien jusqu'au jour où sa mère est tombée vraiment malade et qu'il n'avait pas le droit d'aller la voir à l'hôpital. Son frère aîné lui remontait le moral... Ça allait s'arranger. Tu parles. Au bout de six mois, ils étaient toujours tous les deux, son frère et lui chez le patron de leur mère, sans argent, sans rien, et il les a foutus à la porte.

— Mon frère, il est parti chez la sœur de ma mère, à Rennes. Il fait les champs. Moi, on m'a mis ici, chez mon oncle. Alors mon frère,

« *Tu crois qu'elle va mourir ?* »

je le vois plus. Et ma mère, elle est toujours à l'hôpital. Tu crois qu'elle va mourir ?

Il m'a jeté ça sans que je m'y attende et il s'est mis à pleurer tout doucement sans pouvoir plus rien dire. Avec ses manches, il s'essuyait les yeux.

— Tous les jours, j'attends des nouvelles. Mais rien. Oh si ! Mon oncle. Au début, il a dit qu'ici, j'étais comme chez moi. Après, que j'avais plus le droit de toucher aux jouets de ses enfants mais qu'il fallait que je dise « mon frère », « ma sœur ». Ensuite, c'est comme si j'étais devenu la bonne à tout faire. Je fais leur lit, je fais les courses, je les garde le soir. Alors si tu crois que je peux faire mon boulot. Et puis je m'en fiche. Je m'en fiche, tu comprends. C'est ma mère que je veux revoir.

En dix minutes, près du bac à sable, Petit-Pierre a dit plus de mots qu'en deux mois de classe. Et dire que Mme Touque, la prof d'histoire n'arrêtait pas de le traiter d'idiot, d'imbécile et de cervelle ramollie parce qu'il ignorait qu'Ulysse avait retrouvé sa Pénélope.

Mais sa figure toute marron, c'est à son vrai frère que Petit-Pierre la devait. Un grand frère vachement fort. Même qu'il pouvait porter un sac de ciment de cent kilos sur son dos.

Un frère qui viendrait le délivrer s'il savait tout ce qu'on lui faisait.

— Alors, un jour que mon oncle il allait travailler, j'ai écrit une lettre à mon frère. Je lui racontais tout. Un S.O.S., tu comprends. Et j'ai piqué l'argent pour le timbre dans la monnaie des courses. Mais l'oncle, il m'a vu, le soir, avec une enveloppe à la main. Il me l'a prise. Il a lu. Il a rien dit. Il s'est approché et c'est parti. Un coup de poing. Et avec chaque coup de poing, il disait « Ah ! on te donne pas à manger. Ah ! on te laisse pas jouer. Ah ! t'es un vrai esclave. Tiens. Tiens et tiens. » Il m'aurait tué. À la fin, il s'est assis. Il a dit qu'il m'avait adopté comme son fils, qu'il m'avait sorti de la misère et que c'est comme ça que je le remerciais. Ma tante, elle hurlait. Tout le monde hurlait. Et moi, j'étais par terre. Je me roulais. Je me roulais et ça pissait le sang. Il a même pas dit pardon, l'oncle. Seulement que si je le répétais, il me tuait. Mais je l'ai dit. Je te l'ai dit. Je suis plus fort que lui. Hein, je l'ai eu ?

Petit-Pierre parlait très fort, pour que toute la cité entende. Mais toutes les fenêtres étaient fermées. On était tous les deux, tout seuls.

— Mais maintenant, tu comprends, ça change tout. On est copains.

Et il a tapé une fois encore sa main dans la mienne.

Sur le chemin du retour, pendant que Petit-Pierre, c'est sûr, devait aller chercher ses frères et sœurs qui ne l'étaient même pas, je n'arrivais même plus à penser. J'ai oublié d'acheter mon *Pif-Gadget*.

Le soir, Frédé m'a téléphoné.

— Alors ?

— Rien, j'ai dit. Je te raconterai.

Frédé a été déçu.

CHAPITRE V

Le lendemain, le surlendemain et tous les autres lendemains, Frédé était tout aussi déçu. Rien. Je n'avais rien à lui dire, rien à lui confier à cause d'un secret que j'avais juré.

— C'est si grave que ça ? il m'a demandé.

— Mais je peux pas te dire, tu comprends ? J'ai donné ma parole.

Et pendant qu'il ne comprenait pas, je voyais Petit-Pierre qui me guettait. Mais j'avais juré.

Alors Frédé s'est mis à dire des choses. D'abord sur Petit-Pierre. Mais tout le monde s'en fichait. Alors il s'est vengé sur moi. Mais d'abord il a tenté un grand coup que tout le monde connaît même sans avoir lu le *Manuel des Castors juniors*.

Il s'est approché de moi, un matin, avec un grand sourire. Il m'a tendu la main comme il ne le faisait plus depuis qu'il avait changé de place, qu'il me parlait plus et qu'il disait du mal de Petit-Pierre.

— Allez, il m'a dit. C'est plus la peine de faire la guerre. Maintenant, je sais tout.

— Quoi, tu sais tout ?

— Je sais tout, je te dis.

— Et qu'est-ce que tu sais ?

— Tout ce que Petit-Pierre m'a dit.

Et dire que moi, j'avais juré. J'aurais cassé la gueule de Petit-Pierre. Mais j'avais quand même du mal à croire Frédé. Je ne l'ai plus cru du tout quand il a dit :

— Raconte pour voir s'il m'a dit pareil.

Alors je l'ai poussé des deux mains, très fort et il est tombé par terre. Je lui ai dit tous les mots interdits et quand il allait pour se relever, je lui ai fait un croche-patte.

— Salaud ! T'es un salaud ! Si jamais tu m'adresses encore la parole, je te pile.

Et pour bien lui faire sentir que je disais la vérité, je lui ai filé un coup de latte supplémentaire. Il est parti en boitillant.

— J't'aurai. J't'aurai, il m'a dit.

Il m'avait pas encore. Mais moi, dans l'histoire, j'avais perdu un copain, pour de vrai. J'aurais jamais cru que ça pouvait arriver. De la vraie haine à vouloir réduire Frédé en bouillie. Ça m'a fait rater la rédaction surprise sur

Je lui ai dit tous les mots interdits.

table où il fallait décrire la campagne silencieuse avec des images poétiques, comme le gazon qui devait ressembler à des cheveux en brosse et tout un tas d'idioties que je n'ai pas su trouver. J'ai tout raté. La campagne ne m'intéressait pas. Et le soir, à la maison, juste en rentrant, j'ai jeté mon cartable sur mon lit et je me suis jeté par terre pour pleurer.

Papa m'a demandé ce que j'avais. Comme s'il pouvait m'aider ! Comme s'il pouvait quelque chose à quelque chose qu'il ne comprenait pas. Mais il voyait bien que j'avais pleuré.

— Si c'est pour tes notes, il m'a dit, ce n'est vraiment pas la peine de te mettre dans cet état.

J'ai haussé les épaules.

Mais au bout d'une demi-heure de cuisinage : « Et qu'est-ce que tu as ? Et qu'est-ce qui ne va pas ? » Et maman qui est venue à la rescousse, j'ai dû avouer en hoquetant.

— Frédé, il n'arrête pas de dire à toute la classe que Petit-Pierre et moi, on est des pédés.

Papa est parti d'un bel éclat de rire. Maman s'est retenue en me regardant et moi, j'ai claqué la porte de ma chambre et j'ai filé tous les coups de pied autorisés aux montants de mon lit, plus quelques coups de poing bien vaches sur mon oreiller. J'ai voulu renverser la poubelle et la piétiner mais papa est entré sans frapper. Il m'a expliqué qu'il ne savait pas pourquoi mais qu'il pensait que Frédé était jaloux et qu'en réalité, il m'aimait bien. Il avait des drôles d'idées, mon père.

— Alors quand on aime bien les gens, on dit du mal d'eux ?

Papa a dit :

— Des fois…

Et comme il n'arrivait pas à me convaincre, il est reparti lire son journal.

À table, j'ai raconté l'histoire de Petit-Pierre, comme j'ai pu, en arrangeant pour ne pas dire le secret. Maman a encore dit « pauvre gosse » et avec papa, ils se sont lancés dans une grande discussion sur tous les pauvres gosses du monde. Ceux qui mouraient de faim, ceux qu'on battait, ceux qu'on abandonnait, ceux qui s'enfuyaient. À la fin, ils ont conclu qu'ils étaient bien malheureux, qu'il faudrait faire quelque chose et ils ont allumé la télé pour les informations. J'ai trouvé ça dégueulasse. Moi, à leur place, avec tout leur argent, j'aurais fait quelque chose. N'importe quoi, mais quelque chose.

Dans mon lit, comme je n'arrivais ni à compter les moutons ni à lire *Les Lettres* rasoirs *de mon Moulin* d'Alphonse Daudet que M. Balmès avait recommandées, j'ai juré que *moi*, je ferai quelque chose pour Petit-Pierre.

CHAPITRE VI

Pas difficile. On roule le tapis, on pousse la table contre le mur, on met une nappe, des bonbons, des gâteaux et du Coca-Cola. On pose l'électrophone, les disques à côté et on jure, mais juré-promis, de faire très attention, de ne rien casser et de tout remettre en place quand c'est fini. Ça s'appelle une boum.

Au début seulement, c'est difficile, quand il faut demander l'autorisation des parents. En principe, ils sont toujours pour. Mais il y a toujours des empêchements. Les grands-parents qui doivent venir, un rendez-vous chez le dentiste, juste ce jour-là, et tout un tas de « ah ! mais j'ai oublié... » qui font retarder le jour. À la fin, il arrive. Suffit d'être patient.

Le nez de Petit-Pierre et ses yeux avaient eu largement le temps de réapparaître normaux quand, avec mon imprimerie, j'ai invité toute la classe, sans exception, à la boum en écrivant :

« TOP SECRET, c'est l'anniversaire de Petit-Pierre ». Pour lui, j'ai inventé. Je l'invitais pour ma fête.

Tout mon argent de poche y est passé et encore, ça n'avait suffi qu'à acheter un cadeau pour Petit-Pierre.

Vingt-cinq fous d'un coup dans l'appartement. Maman n'a pas résisté à l'ouragan. Elle est sortie au cinéma. D'abord, elle a accueilli les arrivants avec un beau sourire. Puis elle a fait la grimace, elle a ramassé son sac et elle est partie en me recommandant de faire très attention. J'ai fait ce que j'ai pu. Pas grand-chose parce qu'il aurait fallu être à la fois partout et dans la cuisine où le Coca, bien secoué, giclait par terre. Même Frédé était là. Ça lui faisait les pieds de sentir que je n'étais pas rancunier. Mais en fait, il s'en fichait de moi. Ce qui l'intéressait, c'était Cathy. Il était amoureux et ne la quittait plus. Dès qu'il la regardait, il rougissait si fort qu'on aurait dit qu'il avait la roséole. Cathy, elle, faisait semblant de ne rien remarquer. Nous, on rigolait.

J'ai mis un vieux rock pour que ça démarre. Un disque à papa du temps de la préhistoire qui balançait à mort. Mais personne ne voulait se rendre ridicule. Autour du salon, on aurait dit qu'on jouait à la chandelle, sauf

Du rock, du rock, du rock !

qu'on était debout et qu'on gigotait comme des singes à puces. On se regardait. On se regardait à qui ferait le premier pas. Et puis soudain, inattendu, Petit-Pierre s'est mis tout seul au milieu de la pièce et nous a donné un récital. On frappait dans nos mains pour le rythme — un peu n'importe comment — mais Petit-Pierre, encouragé, multipliait les contorsions. C'est alors qu'il a invité Cathy. Le festival ! Du rock. Du rock. Du rock. Frédé est devenu encore plus rouge pendant que Cathy dansait et qu'on applaudissait. Cathy s'est bien retrouvée par terre après avoir raté la main que Petit-Pierre lui tendait et après aussi un détour contre la bibliothèque de papa où l'*Encyclopaedia Universalis* a bien failli danser le rock aussi. Mais ça ne faisait rien. C'était génial.

Germain, qui a toujours de bonnes idées, s'est mis à gueuler « la bise - la bise » et on a tous repris. Petit-Pierre n'a pas hésité. Il a embrassé Cathy. Et Frédé c'était comme la pomme de la méchante reine dans *Blanche-Neige*. Encore plus rouge parce qu'on le regardait tous. On n'aurait pas manqué ça.

Quand les slows ont commencé et que Petit-Pierre n'avait toujours pas quitté Cathy, Frédé s'est enfui dans la cuisine et s'est mis à pleurer. À tous ceux qui lui demandaient ce

Du rock, du rock, du rock !

qu'il avait, il répondait que c'était une poussière dans l'œil. Mon œil !

Comme les poussières se multipliaient, il a passé tout son temps penché sur l'évier à s'asperger d'eau, évitant la distribution des cadeaux.

Petit-Pierre ne s'y attendait vraiment pas. Sur les photos polaroïd, on le voit la bouche ouverte devant la montagne qui s'accumulait devant lui. Disques. Petites voitures de collection. Bandes dessinées. Papier à lettres avec plein de cœurs, « pour écrire à Cathy » a dit Colas. On a tous ri. Petit-Pierre ne disait rien. Il regardait toutes les cartes de bon anniversaire et les rangeait dans la poche arrière de son jean. S'il avait pu, il y aurait aussi rangé les papiers d'emballage qui brillaient. Il disait merci sans arrêt. Il souriait. Mais il ne savait qui remercier. Tous les cadeaux avaient été posés d'un coup pendant que j'occupais Petit-Pierre dans ma chambre.

Tout le monde voulait toucher et Petit-Pierre laissait faire. Et puis, sans qu'on s'y attende, Cathy s'est approchée de lui. Elle cachait une main derrière son dos.

— Tiens, lui a-t-elle dit. Et elle s'est enfuie.

Petit-Pierre ne savait pas quoi faire.

Il a défait l'emballage et trouvé un minuscule pistolet porte-clés. Mais un pistolet plaqué or et qui marchait vraiment si on mettait des amorces.

Tout le monde s'est remis à hurler « la bise ». Il a fallu aller chercher Cathy et ils se sont embrassés. Un flash a claqué. Photo-souvenir. Une porte a claqué aussi. Celle de l'entrée. Frédé, qui avait fini de ramasser toutes ses poussières, n'avait pas supporté la scène. Il s'est enfui à grand bruit. On a dansé encore, en fermant les volets avec une lumière douce. Et puis ceux qui avaient le plus promis de m'aider à ranger sont partis les premiers et je me suis retrouvé tout seul à éponger les dégâts avec Petit-Pierre.

J'ai bien senti qu'il voulait me parler parce que tout avait été remis à sa place et que Petit-Pierre était assis dans un fauteuil devant tous ses cadeaux à la fois. On se regardait. On se souriait. Ça aurait pu durer longtemps. Mais c'est lui qui a commencé.

— Écoute Julien, je ne sais pas quoi faire de tous ces trucs. J'ai dit à mon oncle que j'allais travailler chez toi. S'il me voit revenir avec tout ça, il va dire que je les ai volés. Il dit toujours que je suis un voleur. Tu ne peux pas me les garder ?

Moi, ça ne me gênait pas.

— Laisse-les là et viens les prendre quand tu veux. Personne n'y touchera.

Il m'a aidé à tout porter dans ma chambre. On a fermé le placard à clé. Petit-Pierre s'est ravisé.

— Le pistolet, je le garde.

Il l'a pris très vite et l'a mis dans sa poche.

— T'es un vrai frère, il m'a dit. Tu veux qu'on soit frères de sang ?

C'était la vraie preuve.

Petit-Pierre était plus courageux que moi. Avec une épingle, d'un coup, il s'est fait saigner le pouce. Moi, je n'osais pas planter la pointe de mon Opinel à virole. Enfin le sang est arrivé. Un peu trop. J'avais peur. Je suis allé mettre du coton. On était frères de sang quand même.

— Et la photo, tu me la donnes aussi.

Je suis allé chercher la photo. Petit-Pierre embrassant Cathy. Une photo réussie.

CHAPITRE VII

L'anniversaire de Petit-Pierre, c'était une bonne et une mauvaise idée. Bonne pour les cadeaux, mauvaise pour le travail. Petit-Pierre ne faisait plus rien. M. Balmès s'en est aperçu. Plus le moindre effort, plus la moindre leçon apprise. Comme si Petit-Pierre faisait la grève. Mais M. Balmès, qui était sévère mais juste, avait remarqué que Petit-Pierre s'agitait beaucoup moins, qu'on ne le voyait plus, à quatre pattes, aller raconter une bonne histoire à quelqu'un. Petit-Pierre était à sa table, bras croisés, les yeux grands ouverts. Il rêvait. Pour que personne ne le dérange, il s'était installé derrière le plus gros dos de la classe, celui de Germain, surnommé l'hippopotame. Et devant lui, il avait placé la photo-souvenir. À côté, était posé le pistolet miniature. Et, de cours en cours, Petit-Pierre les transportait derrière le dos-paravent de Germain. Toute la classe était au courant et personne ne dérangeait Petit-Pierre. Il avait droit à sa vie intérieure comme nous avait appris M. Balmès quand on étudiait *Le Cancre* de Jacques Prévert — né en 1900 et mort il n'y avait pas longtemps.

La vie intérieure, c'est ce qu'on avait de plus précieux. Petit-Pierre en était persuadé.

Mme Bilat, elle, n'avait pas du tout les mêmes conceptions. La vie intérieure, c'était pour l'intérieur, quand on était chez soi. En classe, c'était interdit. Et d'ailleurs, si on ne l'écoutait pas, on n'avait plus de vie intérieure du tout, même à la maison, à cause des cinq cents lignes.

La preuve, elle l'a donnée à cause de Frédé qui n'avait toujours pas fini de ramasser toutes ses poussières et qui voulait à tout prix se venger de Petit-Pierre. Nous, on lui chantait « Ta Cathy t'a quitté — Takatitakité » et les poussières revenaient.

Et puis tout à coup, pendant le cours, on le voit se lever et hurler :

— Madame, madame, venez voir !

On se retourne tous. On croit à une catastrophe. Mme Bilat se précipite et découvre tout le livre d'allemand de Frédé taché d'encre. Et comme elle a horreur du sale, elle se met à aider le pauvre mignon de Frédé, son chouchou.

Ça dure bien cinq minutes. Elle lui explique que ce n'est rien, qu'il n'aura même pas besoin de rembourser le livre à la fin de l'année parce que lui, il a été honnête, pas comme certains. Là, elle regarde la classe et on croit tous qu'on est malhonnêtes. Mais au lieu de regarder, puis d'arrêter, elle continue à regarder. Alors on regarde ce qu'elle regarde et on comprend mais trop tard. Personne ne peut rien pour Petit-Pierre.

Elle se rue sur lui. Elle lui arrache la photo. Elle lui arrache le pistolet en hurlant.

— Ah c'est du joli ! Ah c'est du propre ! Qui c'est qui m'a fichu des gosses pareils ! Tu n'as pas honte ? Tu n'as pas honte ?

Petit-Pierre n'a pas l'air d'avoir honte. Il a l'air surpris.

Cathy, elle, se met à pleurer et Mme Bilat lui crie aux oreilles :

— On verra bien ce que diront tes parents. Je vais les convoquer.

Cathy murmure :

— Oh ! non madame, s'il vous plaît.

— Il n'y a pas de « s'il vous plaît ». Quand on fait des bêtises, il faut toujours payer. Tu crois que tes parents t'envoient en classe pour embrasser les garçons ?

« *Ah c'est du joli !* »

— Mais je n'ai rien fait, madame, je n'ai rien fait.

Et Cathy sanglote.

Petit-Pierre, lui, s'est levé. Ses yeux de ouistiti gentil se sont changés en zyeux de lynx. D'un pas, il est à côté de Mme Bilat. Il soulève très haut la tête pour bien la regarder. Dans la classe, c'est le silence de mort.

— Si vous ne me rendez pas ma photo et mon pistolet, je m'en vais ! Vous n'avez pas le droit de me voler mes affaires.

Il a dit ça, Petit-Pierre. On l'a tous entendu. Mme Bilat, alors, c'est comme s'il lui avait dit que ses deux enfants, dont elle nous parle tout le temps, étaient des mongols. Elle a fait un saut sur place. Elle a attrapé les cheveux de Petit-Pierre. Elle a tiré, tiré, en hurlant.

— Hein ! je n'ai pas le droit ! Hein ! je n'ai pas le droit. Et c'est toi qui vas m'en empêcher ? C'est toi ?

Petit-Pierre n'a rien dit. On voyait qu'il souffrait. Il se débattait dans tous les sens. Il gigotait pour se libérer. Et enfin, quand Mme Bilat a voulu le réempoigner, il est tombé par terre, s'est relevé comme un ressort et d'un coup a disparu dans le couloir en claquant très fort la porte.

Mme Bilat a fait semblant de ne pas se biler. Elle a regagné son bureau en disant :

— Il n'ira pas bien loin.

Elle voulait nous mettre dans sa poche, contre Petit-Pierre. Elle disait que nous, on était comme il faut, pas comme certains. Mais plus elle parlait, plus elle regardait vers le couloir. Et Petit-Pierre ne revenait toujours pas.

À la récré de trois heures, on a compris que Petit-Pierre devait être loin. Mme Bilat et le Sous-Directeur étaient en grande discussion devant la loge de la concierge qui faisait de grands gestes en direction de la rue.

CHAPITRE VIII

J'étais sûr que c'était lui quand il est rentré dans la classe avec le Sous-Directeur. Un colosse avec une gueule de batteur d'enfants. Je ne m'étais pas trompé. C'était bien l'oncle de Petit-Pierre.

Quand il a pris la parole, il avait l'air très malheureux et surtout fatigué après la nuit qu'il avait passée, comme il nous a dit. Il nous a dit aussi que si on savait où était Petit-Pierre, qu'on le dise. Qu'il ne lui arriverait rien. Mais en regardant ses grosses mains, j'étais sûr qu'il mentait et j'ai revu la tête-patate de Petit-Pierre.

Même si je savais, je ne dirais rien.

— C'est très grave, a dit le Sous-Directeur.

À quoi ça leur servait de toujours répéter ? Comme si on savait pas. Colas avait même dit qu'on le mettrait en prison si on le retrouvait. Anne avait dit qu'il avait quand même raison et que « Mme Bilat était une vieille peau d'ha-

*J'étais sûr que c'était lui quand il est entré
dans la classe avec le Sous-Directeur.*

reng ». Cathy ne disait rien. Moi, j'écoutais. Toute la classe me regardait. Ils étaient persuadés que je savais où se cachait Petit-Pierre. Éric n'arrêtait pas de me faire des clins d'œil discrets. J'avais honte pour lui.

Mon père m'avait expliqué qu'une fugue, ce n'était pas grand-chose, qu'on ne risquait rien qu'une bonne paire de claques. On retrouvait le fugueur et on le remettait à ses parents. Si Petit-Pierre avait envie, il pouvait recommencer le lendemain.

Toute la première nuit, j'ai pensé qu'il était parti voir son frère. Mais avec quel argent ? Et comment ? La seconde nuit, je commençais quand même à m'endormir devant la télé quand le téléphone a sonné.

— Vas-y, m'a dit papa, pour ne pas manquer le moment où le condamné à mort va s'échapper.

J'ai traîné pour voir aussi. Mais en décrochant le téléphone, il n'y avait pas de voix. Tant mieux, je verrais l'évasion.

— Allo… Allo…

J'allais raccrocher.

— Julien ?

C'était Petit-Pierre. Je ne peux pas décrire ce que j'ai ressenti. Des frissons partout. La chair de poule. Et content… content.

— Écoute, il m'a dit. Je n'ai rien à manger. Je suis dans la cave 37 de mon immeuble. Ils m'ont pas cherché là. Viens quand tu peux. Mais viens. Je t'en supplie.

J'ai entendu comme un déclic dans une cabine téléphonique.

Papa et maman étaient tellement dans leur évasion qu'ils ne m'ont même pas demandé qui pouvait bien appeler à une heure si pas comme il faut. Moi, je ne voulais rien trahir, mais j'ai trahi.

Je ne pouvais pas me rasseoir sur la banquette. Je me suis mis à faire les cent pas du salon au frigidaire et du frigidaire à la fenêtre pour constater que la nuit était très noire.

Dans le congélateur, il y avait bien deux biftecks mais comment les faire cuire ? Et les boîtes de petits pois, c'est mauvais quand c'est froid. Tant pis. J'en ai mis une dans un sac en plastique avec un ouvre-boîte, une demi-baguette, deux pommes, un paquet de biscottes sans sel et un fond de rillettes enveloppé dans un papier gras. J'ai enfilé mon blouson, pris une lampe de poche et je m'évade moi aussi.

Mais papa était sur ses gardes.

— Tu t'es trompé d'heure, Julien. C'est le soir, pas le matin. Et qu'est-ce que c'est que ce sac ? Viens un peu voir ici !

J'ai enfilé mon blouson,
pris une lampe de poche...

Papa et maman n'ont jamais su si le condamné à mort a réussi à s'évader. Par contre, ils ont su que Petit-Pierre m'avait téléphoné et qu'il mourait de faim, qu'il avait besoin d'aide, qu'il avait besoin de moi. La tête qu'ils ont faite ! Ça leur apprendra, la curiosité.

— Complices, tu comprends. Maintenant que tu nous l'as dit, on est complices de sa fugue. Où il est ?

Ils auraient pu me couper en morceaux, je n'aurais rien dit.

Alors ils se sont mis à danser tous les deux la danse du scalp dans le salon. À gauche, à droite et demi-tour on recommence. Avec des mots pas très polis.

— Dans quel pétrin tu nous mets ! Mais dans quel merdier !

Papa était partisan d'aller à la police. Que toute cette histoire finisse parce que de toute façon ça se terminerait comme ça.

Mais comme mes parents étaient libéraux et papa plus libéraux encore, c'était impossible. Maman le lui a dit. Il a hoché la tête et demi-tour dans le salon.

Moi, j'avais repris courage. S'ils m'empêchaient d'aller voir Petit-Pierre, je me sauverais dans la nuit quand ils dormiraient. Pourquoi j'aurais moins de courage que lui ? Frères de sang, ça voulait bien dire quelque chose.

Comme papa et maman étaient fatigués par leur danse, ils ont fait une pause. C'était le conseil des chefs. Et encore des soupirs et encore du pétrin.

— Mais tu te rends compte, Julien ! Tu te rends compte ?

Oui, je me rendais compte qu'ils avaient la pétoche et qu'après tous leurs discours pour aider les pauvres, ils n'étaient capables que de se plaindre.

Petit-Pierre avait eu raison. Mille fois raison. Son pistolet et sa photo, c'était tout ce qu'il avait.

Les cigarettes se sont entassées dans le cendrier. Et puis papa a pris sa décision.

— Écoute Julien. Je te fais confiance. Va voir Petit-Pierre. Donne-lui à manger, mais dis-lui bien qu'il faut qu'il arrête. Il faut qu'il retourne chez son oncle. Tôt ou tard, ça se terminera comme ça...

Et papa m'a embrassé parce qu'il m'aimait et que j'étais un bon garçon.

CHAPITRE IX

J'ai sprinté dans la rue jusqu'à la cité de Petit-Pierre. Autant pour qu'il ne meure pas de faim que parce que j'avais peur, dans les rues mal éclairées et désertes. La cité, la nuit, c'est parfois une petite lumière au troisième étage qui s'allume et qui s'éteint et plus rien.

Dans l'escalier des caves, j'ai eu vraiment peur. Pas un bruit. Rien. Et puis de longs couloirs tout droits avec des portes de chaque côté. Des têtes de mort parfois, pour dire que c'était piégé à cause des vols. Je me suis perdu. La minuterie s'est éteinte. J'ai failli hurler mais il ne fallait pas. J'ai tâtonné contre les murs. Je me suis cogné pour retrouver la lumière. Et les numéros défilaient. J'ai pris les allées transversales et j'ai pensé au Minotaure qui bouffait les gens dans le labyrinthe. J'avais froid et mes mains s'accrochaient à mon sac. Et puis, sans savoir comment, je me suis retrouvé devant le numéro 37. Une porte en bois entrouverte. J'ai chuchoté.

— Petit-Pierre !

J'ai entendu du bruit et la porte s'est ouverte.

— Entre vite.

On s'est serré la main, sans un mot. C'était tout noir avec un peu de lumière qui passait par les lattes de bois.

Je suis resté une heure avec Petit-Pierre. L'un contre l'autre, par terre.

Je n'osais pas le dire mais je sentais bien que Petit-Pierre, même s'il avait raison, il ne pouvait pas rester comme ça, éternellement. Il faudrait bien qu'il en sorte, de sa cave pourrie où il disait qu'il ne s'embêtait pas. Il ne pleurait pas. Il avait l'air décidé, sûr de lui. Pour la bouffe, il verrait tout à l'heure. Mais ce qui comptait le plus, c'était son pistolet et sa photo.

— Tu comprends, si elle me les rend, je sors. Pas avant. Et l'oncle, qu'est-ce qu'il va me mettre ! Mais je m'en fous. Je te raconterai...

On est restés en silence dans le noir complet.

— Les vieux, c'est des salauds, a dit Petit-Pierre.

Il m'a parlé encore une fois de sa mère, de son frère. Il était certain de les revoir.

Je suis resté une heure avec Petit-Pierre.

— Paris, je m'en souviendrai.

Et il s'est mis à rire. Moi, pas. Plus tard, il serait vétérinaire. Il s'occuperait des animaux. Au moins, avec eux, il n'y avait pas de problèmes.

Je me suis levé. On s'est serré la main, très fort, très fort et très longtemps.

— Dis à Cathy que je l'aime bien...

Je n'ai rien dit à Cathy. J'ai attendu que le cours de Mme Bilat soit fini pour aller lui parler.

— Vous savez, madame, je sais où est Petit-Pierre. Il m'a dit que si vous lui rendiez son pistolet et sa photo, il sortirait. Il me l'a promis.

J'ai vu un sourire sur la mauvaise figure de Mme Bilat. Peut-être qu'elle était gentille quand même.

Elle m'a regardé droit dans les yeux puis elle a ouvert le tiroir de son bureau. La photo et le pistolet. Ils étaient là, sur la table. Petit-Pierre était sauvé. Je l'aurais presque embrassée, Mme Bilat, malgré ses deux poils de barbe sur sa verrue au menton.

— Tu peux les prendre. C'est pour lui. Ça ne méritait pas tant d'histoires.

Quand la voiture s'est arrêtée à mes côtés...

J'ai tout pris. C'était fini.

— Je peux y aller tout de suite, madame ?

Elle m'a souri.

— Bien sûr. Il faut que cette histoire finisse.

J'ai laissé mon cartable dans le préau. J'ai commencé à courir vers Petit-Pierre, dans la rue qui montait. La cité était au bout, à dix minutes. J'étais content et je chantais. Quel imbécile !

Quand la voiture s'est arrêtée à mes côtés, je n'ai pas compris. J'ai cru qu'ils voulaient un renseignement. Mais une dame est sortie.

— Police, m'a-t-elle dit gentiment.

J'ai tremblé.

— Il paraît que tu sais où est le garçon qu'on recherche. Ton professeur nous l'a dit.

Salope. Salope. Moi qui avais eu confiance. Moi qui... J'ai trahi Petit-Pierre. Je l'ai donné à la police parce que sinon ils m'emmenaient au commissariat. Elle m'avait eu, la dame si gentille. Elle m'a eu.

— Tenez, madame, vous lui donnerez à Petit-Pierre. C'est à lui.

J'ai tendu la photo et le pistolet.

Et j'ai pleuré au bord du trottoir pendant que la voiture montait vers la cité. J'ai pleuré.

Je n'ai jamais revu Petit-Pierre.

Un jour, longtemps après, j'ai reçu un colis par la poste. J'y ai trouvé le pistolet et une lettre. Petit-Pierre ne m'en voulait pas. Il avait été placé dans une famille d'accueil, comme il disait. Plus tard, quand il viendrait à Paris, on se reverrait. Mais qu'est-ce que ça pouvait faire, aujourd'hui ou plus tard, puisqu'on était frères de sang ?

Dans un placard, tous les cadeaux de Petit-Pierre l'attendent pour quand il reviendra. Plus tard, je n'en doute pas.

Pocket junior
plus de 150 romans à découvrir